Ryoo Keun Jo

시인 류근조 | 사진 권구엽

고운 눈썹은

류근조 시집

고운 눈썹은

시학
Poetics

■ 시인의 말

내가 절망하는 이유

1930년대 활동했던 시인 이상李箱은 "어느 시대에도 그 현대인은 절망한다. 절망이 기교를 낳고 기교 때문에 또 절망한다."고 했다. 그 후 세상은 많이 변했고 통신기술 등 과학 또한 쉼 없이 발전을 거듭하여 텔레포니쿠스 신유목민이란 유행어까지 생겨났다. 며칠 전엔 미국이 명왕성 탐사를 위해 총알의 10배 속도로도 10년이나 걸려 도착한다는 인공위성을 발사하는데 성공했다는 보도도 있었다. 그렇다면 태양계 수억만 개 은하계 속의 작은 행성 지구에 사는 인간의 정체는 과연 무엇인지, 그리고 그 인간이 경영하는 많은 일 가운데서도 관념예술 장르 중의 하나인 시란 무슨 의미가 있는가에 대하여 다시 묻지 않을 수 없다.

인간의 차원 높은 정신사를 관장하는 신화적 성격의 시, 그것에 대하여. 그리고 그것과 인간 삶의 원초적인 관계에 대하여. 다시 말해 시가 인간 회복을 가져오고 때묻은 언어의 갑옷을 벗겨 사물의 참모습을 보여 주고 훼손되고 조각난 삶의 상처를 치유한다고 하지만, 결국 그것은 알고 보면 우주 속의 자연과 인간, 그리고 사물과의 상생의 문제로 F. 스텐베르헨이 말한 언어의 형상화를 통한 세계(대상)에 대한 인식적 소유의 문제가 아닐까 하는 문제에 이르기까지….

　물론 이때 문제되는 것은 인간의 사유구조와 존재에 대한 규정으로서의 삶의 준거 그 자체로서의 언어 철학의 문제, 그리고 이에 상응하는 완전한 텍스트로서의 시 쓰기의 문제가 되리라 믿지만…. 그러나 모래사장의 모래나 하늘의 별만큼이나 서로 다른 인간의 삶의 문제 가운데 정신사적 의미의 문제란 사회적 계약에서처럼 그 본질상 일률적으로 통제할 수 있는 성질의 것도 아니다. 그러므로 인간의 자유로운 영혼과 내면의 아름다움을 전제로 완전한 시를 쓰기 위해서는 아직도 1930년대 시인 이상李箱이 지적했듯 나는 여전히 절망의 벽과 마주할 수밖에 없다는 결론에 이르고 만다. 그토록 시를 사랑했던 파울·첼란이나 실비아·플러스가 존재자로서 완전한 시 쓰기에 실패했을 때 자살할 수밖에 없었던 것처럼….

　그러나 시여, 철들어 50여 년 동안이나 세상의 바다 속에서 자맥질하며 찾아낸 네 몰골이 아무리 초라하고 보잘것없는 것이라 할지라도 내가 지금 네 주인의 이름으로 네 옆에 이렇게 서 있을 수밖에 없는 이유를 아는가. 그 이유라는 것이 겨우 너와 결별하며 나로부터 멀어지는 너의 참모습, 아니 나의 참모습을 보기 위해서라는 것을….

그간 너와 아주 헤어져 그래서 좀 마음 가벼워지려고 한참 동안이나 너를 뒤에 두고 멀리 돌아서 예까지 왔건만 다시 보니 아직도 그림자처럼 내 옆에 서 있는 일상의 나와는 무관한 측은하고 사랑스런 나의 악마여, 나의 시여.

서기 2006년 여름 서초동 우거寓居에서

저자 류근조

차 례

■ 시인의 말

교외郊外에서　15

사랑이라는 것　16

신학기 첫 강의　17

어떤 에로티시즘의 미학美學　18

피해망상　19

봄·시냇가에서　20

건강　21

벌집 속의 편안함　22

전화인간　23

시간時間에 관한 명상　25

묵시록默示錄　27

생태학 강론　28

서울 2004년 겨울　29

베니스에 가면　31

야영지野營地에서　33

소멸　34

어머니의 젖꼭지　35

시마詩魔　36

굴욕적 시 쓰기　37

너를 알고부터　39

순수와 비순수　41

묘비명墓碑銘에 대한 소견所見　43

사랑하는 우리 님의 고운 눈썹은　45

불안한 유예猶豫　　47

막걸리 두어 잔 마시고　　48

유치찬란함　　50

내 마음은 접시　　51

세월　　52

알박기 땅　　54

시인詩人 이인석李仁石　　56

한강수타령　　58

봄은 아직도 멀리서　　60

성공은 곧 이별의 친척　　63

멍　　64

샛별　　65

나를 찾아서　　66

이상한 부활절　　67

나는 희망을 보았다　　69

폭음 다음날 나의 행방에 대하여　　73

기억을 위하여　　74

실패연습 주식회사 사장 장태호 씨　　75

■작품 해설 | 이성부　　77

■문학적 자전 | 류근조　　89

■자술연보　　104

고운 눈썹은

교외郊外에서

모처럼
벤치에 홀로 앉아
쏟아져 내리는 은행잎들을
바라보노라니 아찔하게
뉴턴의 중력重力 같은 게
기중기起重機처럼 나를
공중으로 집어 올렸다

정신을 차리고 다시 휘둘러 보니
아직은 햇볕이 부신 오후
은행나무 둥지는 그대로
제자리에 앉아 있었고
앙상한 몇몇 가지엔 여전히
순금의 신神의 시간들이 머물러 있었다

사랑이라는 것

11월 저녁의 늦은 귀가歸家

쇠바람 소리를 내며

하현下弦달을 비껴 어디론가 날아가는

기러기 떼의

외롭고 허전한

플러그 아웃 직후의

잠깐 떴다 사라지는

모니터상의 잔상殘像 같은 것.

신학기 첫 강의

여러분
손을 드시오
영수증을 셉시다
여러분은 곧
내 인생의 청구서요
아니 결산서요 백지수표요
어서
손을 들어 주시오
오늘은 신학기 첫 강의 인문학 강의시간
허수와 적자투성이 사어死語들로 가득 찬
지난 계절의 결손장부를 덮고
인생이라는 벅찬 예산표
새로운 계절의 페이지를 열게요

어떤 에로티시즘의 미학美學

성聖 · 금요일

날씨는 흐리고 강의도 없는 날

모처럼 마누라와 단 둘이

할 일도 없는데

뭐하겠소 합환合歡이나 해야지

합환이나 해서

감기 든 마누라에게서

오래된 감기나 빼앗아

대신 잃아 줘야지

피해망상

바그다드 공습 뉴스를 지켜보다 잠들었다
꿈 속으로 폭격기가 왕왕거리며 밀려들었다
설마 예까지 무슨 일이 있을까 하는
바로 그 순간에
폭탄이 쏟아져 내렸다

꿈 속에서 체험하는
공포
숨막힘
죽음의 실감

벌떡 일어나 식은 땀을 훔치다 보니
꿈이었다

봄 · 시냇가에서

봄의 눈동자를 쳐다본다
얼음장 밑을 흘러가는 2월의 강물
모니터에서 웃는 사이버 여인의
차가운 눈동자

복수초 꽃 소식 밀려오는
이른 봄, 그런데
이상하다 웃음 속에 벙글던
내 오필리아가
이 봄엔 없다

건강

김 교수는 강의, 학회, 교회활동으로
주말 내내 바쁘게 보낸다
그는 달리 운동을 안하는 데도 건강하다
나는 일주일 중
하루는 반드시 산에 간다
어떤 때는 산을 내려오다
반나절씩 맥주집에서
술 기력을 보충할 때도 있다
하지만 내 체력이
김 교수를 따라잡은 적이 없다

어떤 때는 절로 한숨이 나온다
건강이라는 이 천성의 악기는 몰현금처럼
억지춘향의 힘줄로는 켤 수 없느니

벌집 속의 편안함

벌집 속의 애벌레들도
아파트 속의 인간들만큼 편안할까
알몸의 여자女子를 껴안았을 때처럼
알집에의 몰두가 죽음의 또 한 방식일지도 모르는
그런 편안함일까

전화인간

삐리리릭
"잠깐만 응 난데 어디야"
한국은 지금 언제나 어디서나
통화 중
애도 어른도 몽땅

새로 생긴 전화인간
학명은 텔레포니쿠스
휴대폰을 차고 도시의 빌딩숲을 헤매는
21세기형 신유목민에겐
휴대폰은 생존을 위한 병기兵器
원시소통수단인 편지와 전보가 사라진 뒤
매일 매일 위치확인을 위한 유일한 수단

이따금 햇빛에 은빛이 칼날처럼 반짝이고
삐리릭 소리가 들려야 막혔던 기가 풀리고
정신이 확드는
저마다 저지르는 소리가 가벼워진 만큼

거동도 가벼워진 사람들로 붐비는 거리
도처에 삐리리릭 소리를 기다리는 사람들과
삐리리릭 번호를 누르는 사람들로 가득한
한국은 지금
애도 어른도 몽땅 통화 중.

시간時間에 관한 명상
— 스티븐 호킹 박사에게

왜 우리는 과거는 기억하는데
미래를 기억하지 못하는가
그리고 당신의 말처럼 언젠가
원인보다 먼저 결과가 일어날 수도 있을 것인가
아니, 끝도 없는 것은 공간이고
시작도 끝도 없는 것이 시간인가 우보로스 뱀처럼…
그렇다고 그래서 조물주는 있어도
과연 할 일은 없는가
허지만 미래 어느 시점에선가
내가 죽는 날은 분명 있을 것이고
고통 없이 죽는다 해도
역시 죽음이 무서운 것은
죽으면 아무 것도 느끼지 못하기 때문이 아닐까
이를테면 자기 없음의 답답함도 모르는…
아니면
그것은 살아서 꽃을 보고 즐거워하는 대신
그리고 육신으로 사랑하는 사람들과 만나는 대신
이들에게 느낌을 일으킬 수 있는

보다 근원적인 것으로 환원되거나
꽃을 피우는 대자연의 섭리의 일부가 되어
무심한 바람으로라도 이들의 옷깃을 스치게 될 테니
더욱 다행스러운 일은 아닐는지

당신의 저서 'A Brief History of Time' 의
저술 의도야 어떻든
그렇게나 생각하며 살아야지…

묵시록默示錄

인파가 썰물처럼 빠져나간
쇄락灑落한 새벽거리
을지로나 종로 같은 데
텅 빈 거리만 남아 있다

꽃이 꽃을 보고 뭐라고 했겠나
장미는 풀꽃을 보고
풀꽃은 장미를 보고
아무 말도 한 적이 없네

생태학 강론

물소가 서 있던 평원
바로 그 자리에서
새끼 낳는 걸 보고
TV 화면을 통해
캐냔가 리비아인가
그건 그렇게 중요하지 않지만
저게 바로 자연이다
우리도 저 순흙의 땅으로 돌아갈 수 없는가
모든 대지가 담장 없는 산실産室인…
그렇게 단순히 생각한 적이 있었네

서울 2004년 겨울

진눈깨비에 휩싸인 가로등 불빛 아래
스티로폴 알갱이들이 함박눈으로 바뀌는
장난감 상자 속의 겨울에도
눈은 내리고

오갈 데 없는 사면四面의 유리벽 속
환幻의 거리, 도시사막 빌딩 숲에도
거짓말처럼 눈은 계속 내리고

한 소녀의 손을 잡고,
옛 궁성터 돌담길을 거닐던
그때
소녀를 사랑했던 상자 속의 기억만은
그래도 따스했거니

어느덧 계절은 깊어져 앞서거니 뒤서거니
봄의 어구에서 마냥 머뭇거리지만
쉬 다가설 수 없는 태양의 계절은

그래도
또 하나 노오란 희망이거니

베니스에 가면

사四월에

물의 도시
베니스에 가면
여인女人들이 예쁘다

벚꽃이
목련꽃과 어울려 화들짝 핀
대낮에
길가에 버려진 사금파리
공허空虛한 마음처럼

옛날에 부호상인富豪商人들만이 모여 살아서
마음대로 예쁜 여인들만
거느리고 살아서

사월에

베니스에 가면
여인들이 예쁘다

야영지野營地에서

시詩 한 편을 위해
이곳에 오다

날씨는 곱게 늙다

오명 말명
눈도 오다

텐트 속에
혼자서 비스듬히 누워
버너에 담긴 소주를 꺼내
꿀꺽꿀꺽 두어 모금 마시다

몽롱한 첫 밤의 눈길로
말꽁말꽁 밤하늘의 별들을 헤다

소멸

컴퓨터를 켜면
버젓이 휴지통이란 게 있어
훼손된 삶의 파지破紙들을 모아모아
잘도 집어 삼킨다

저 휴지통이 내 종명終命의 화장터로서
내 죽어도 남을 백골 찌꺼기들까지
저렇게 확실하게 지워줄 수 있다면
지워줄 수 있다면…

어머니의 젖꼭지

술에 취해
거부당한 합방合房
겨우 마누라 젖꼭지 한 번 만져 보고
내 방으로 쫓기듯 건너온 날 밤

서러움에 복받쳐
갑자기 어머니를 부르네
어머니, 어머니!

당신 젖꼭지
이젠 점점
그 옛날 가슴에 말라붙었던
어머니 젖꼭지 닮아가네

시마詩魔

시詩 같잖은 시
열 편이나 한꺼번에 쓴 날

기진맥진 할 말도 잊은
산란 후 죽음을 앞둔 어미 연어
회향병으로 죽어가는
부실한 병 깊은 언어의 소우주
들여다보며

지금껏 시라는 이름으로
흰 종이 더럽힌 짓거리 새삼스러워
소용돌이치는 순백의 바탕으로
하나하나 다시 부숴
돌려 보내네

시마詩魔

굴욕적 시 쓰기

내, 쥐뿔도 시를 쓸 재간도 없으면서
무모하리만큼
시 쓰기 미련을 버리지 못해
아직도 미발표 근작시편
꼼꼼히 헤아려 보네
도합 18편
그게 간추려본 전부네

허나
18편이 전부는 아니야
오늘 목표는 19편이거든
그리고, 19편 다음은
20편일 게 분명해
욕심 때문이라지만 해도 너무 했나
망신이나 당할걸
언어유희言語遊戱라고, 마음 비우기라고
피도 안 도는 허깨비 같은 짓
그래봐야 조롱이나 당할걸

그래 그래 잘 해 보거라

비웃음에도 아랑곳없이

원래 시란
조롱이 약발이고 거름인걸…

너를 알고부터

너를 알고부터
세속적인 흥밋거리가
다 시들해졌다

너를 알고부터
말보다는 침묵의 시간이 더 좋았다
조금은 편안한 느낌의
누룩냄새 풍기는
사랑방의 다락 같은 곳
홀로 있는 자리라면
어디라도 좋았다

너를 알고부터
내 발은 어느새 제 스스로 걷고
눈길이 멎는 곳마다
예쁘다고 말하긴 좀 그렇지만
널 닮은 설란雪蘭꽃 한 송이 맺혀 있었다

이 시를 쓰는 시간은
서기 2005년 3월 2일 저녁 무렵
초봄답지 않게 퍼붓는 함박눈
아이들은 신나라 눈덩이를 굴리고

눈으로 뭉친 얼굴도 만들어 놓지만
나는 그렇게도 할 수 없어
서재 창가에 기대서서
손등에 녹아 흐르는 눈송이나
바라볼밖에

순수와 비순수

우리 집은
겨울에도 유난히 볕이 잘 드는
15층 아파트 남향
이른 아침
세 살배기 손녀가
하얀 도화지 위에
주먹손으로 연필 거머쥐고
괴발쇠발 그림을 그린다
그런데
방금 떠오른 햇빛이 눈이 부셔 성가시다
왼 손등으로 한 눈 가리고
이때 손녀가 하는 말

"햇님 가!"

그것은 놀랍게도 순수의 선언
그리고 이 광경을 옆에서
넌지시 보고만 있던 나를

어느새 알아차리고는
한 눈 찡긋 웃으며
이때 손녀가 하는 말

"할아버지 좋아!"

그것은 놀랍게도 비순수의 선언

묘비명墓碑銘에 대한 소견所見

일요일 아침
샤워를 하고
모처럼 상쾌한 기분이 들어 방 안을
이리저리 서성이고 있을 때
때마침 걸려온 반가운 전화벨 소리
이윽고 수화기에서 들려온 친구
R 교수의 반듯하고 나직한 음성

자네가 회갑 때 날 위해 써 준 축시祝詩
그거 있잖아 무척 맘에 들어
우리 선산 가족묘지 한 귀퉁이
내가 묻힐 자리 미리 정해
작은 흔적이나마 남기고 싶은데 동의해 주겠소?

이 말을 받아 전화통에다 대고
내가 즉답卽答으로 건넨 말

그럼 자네 묘비가 내 시비詩碑가 되겠구먼

잠시 결단과 여유와 한숨이 교차하는 순간,
그리고 시의 삶이 유언처럼 확인되는 순간
나는 더 이상 물러설 자리도 농담이나 할 마음의 여
유도 없어졌다
생전 처음 느껴본 정체불명의 조급증 같은 것이랄까

사랑하는 우리 님의 고운 눈썹은

한낱 로고에 불과한
CoCaCola 도메인 가격은
자그마치 89조 원인데
주인이 팔지를 않고,
1946년에 담궈 52년 간 숙성시킨
스코틀랜드산 위스키 맥켈란
한 병 가격은 500만 원인데,
매장에 내놓자마자 수입 전량
50병 모두 동이 나는 판에

1962년작 박수근 화백의 65cm×53cm 크기
유화油畵 '앉아 있는 아낙과 항아리' 는
뉴욕 크리스티 경매장에서
14억 원에 낙찰됐다는군

그렇다면
즈믄 밤의 꿈으로 맑게 씻어서
다른 사람 손닿을세라 조심스레

하늘에다 옮기어 심어 놨더니
동지섣달 나는 매서운 새도
그걸 알고 시늉하며 비껴갔다는
미당 시「冬天」에 나오는
시인이 그토록 갈모渴慕하던 연인의 고운 눈썹
가치는 얼마나 될까

엿 한 가락과도 맞바꿀 수조차 없는,
목숨으로밖에는 담보할 수 없는,
좋아라 좋아도 그냥 한없이 좋은
그 고운 눈썹 가치를
가격으로 치면 얼마나 될까

불안한 유예猶豫

죽음은 정리할 수 없는 일
알면서도 모르는 것처럼
지나치며 유예하며 사는 일
술자리마다 안주거리로 삼기도 그렇고
외상값처럼 슬며시 미루기도 힘든 그런
늘 마음 속 한 편에 웅크리고 앉아
체증의 그림자를 드리우는 그런…

하지만 한 번 짚고 넘어가야 할 죽음의 문제는
그림자 복면에서 그가 일어났을 때 남는 몸뚱이
장기기증이나 화장이 생산적인 대안 같지만
살아생전엔 준비하지 못한 채
남의 일처럼 수수방관하는 주검문제

내가 이 몸을 떠나간 뒤
그건 남은 자들의 몫이라고
무심함이 최고라는 불가佛家의 말처럼
나도 죽음에만은 누구보다도 게으르다

막걸리 두어 잔 마시고

잊고 있던 저편 하늘에서
편서풍偏西風을 타고 온 사람들의
소식을 들어 본다
북녘 땅의 이천만 사연
막걸리를 들이키다 울컥 목이 멘다

어찌하여 이 꼴인가
한편끼리 테이블에 갈라 앉아
남녘은 남녘대로
북녘은 북녘대로
이념, 가치, 어쩌고 저쩌다 토라지고
우리가 묻힐 곳은 하나같이 이 땅
북망산北邙山 가기 전에 술 한자리 나누자는데
그게 뭐 그리 대단한 일이라고…

막걸리 몇 잔에 감읍感泣해 보면
남북문제가 왜 이리 시시해 보이는가

술꾼의 호기로운 객담일 테지만
유행가 가사보다 쉬운 그 소원이 왜 그리
새 술집여자 꼬시기보다도 어려운가

유치찬란함

내 몰골이 어찌 그 모양 그 꼴이었던가
지금 생각하니 얼굴이 뜨거워지네
처음 운전면허 따고 차를 사서
차량 여기저기 색칠하고 안테나랑 카폰
주렁주렁 매달고 다니던
그런 때가 내게도 있었네
그런 짓이 속 빈 강정인 줄도 모르고
유치찬란함을 내 몸인 양 거추장스럽게
달고 다닌 적이 있었네
지금 생각하니
장식은 떼어내기 위해 다는 것이라네

내 마음은 집시

소유와 의무보다는
사랑과 자유를 택하고
영혼의 유유자적悠悠自適에 머무르던
그것은 언제나
내 마음의
집시

언제나
마음 내키면
머물던 자리를 박차고
길을 나서서
때로 영영 돌아오지 않을 수도 있는
바람의 노래처럼 공허했던
내 마음은 집시

세월

한없이 너그러운
네 품안에 안겨
세상 모르고 지내다가
문득 생각해 보니
잃어버린 것들이 많음에 새삼 놀라네

푸르렀던 10대와 20대
그리고
입지立志의 30대와
불혹不惑의 40대까지
내 앞에서 감감히 멀어져가

비교적 가까이
거슬러 회억回憶할 수 있는
지천명知天命의 50대와
잃어버린 이순耳順의 60대
그래도 그것들은 괜찮아…

그리고
잃어버린 소학교 때
앨범, 상장과 같은,

소중히 간직하다가

잃어버리고는 안타까워
찾고 또 찾았지만
아직까지도 찾지 못한…
그래도 그것들은 괜찮아

이미 경황없이 살다가 잃어버린
그것들에 대한 안타까움마저도
잃어버리고 사는
몽땅 잃어버림에도 무감각해진
무망無望함에 기울어진
지금의 내 자신에 비하면

알박기 땅

어디서 많이 본 듯한

마음 속 둥그런 모양

내 유년의 춘궁기春窮期

어머님께서

장독 속에 아껴 두셨다가

내게 먹이려고

검은 솥에 밥 지으실 때

보리쌀 앉힌 그 한가운데

사알짝 얹어 놓으시던

하얀 쌀 한 줌

하지만, 그것은

오오랜 세월 지나

요즈음 부동산 투기꾼들이

도심의 금싸라기 땅 속에 차지한

금싸라기 땅만큼이나

값으론 계산할 수조차 없어

또 다른 의미의 알박기 땅

비록 겉모양뿐일지라도

이미지 색상色相 서로 닮아 그리운

마음 속 알박기 땅

시인詩人 이인석李仁石

서기 1917년 황해도 해주에서 태어나
해방직후 월남, 문단활동을 하다가
서기 1979년 11월 3일 62세로
서울 후암동 자택에서 타계他界하신
시인 이인석 선생은
요즘 내 안에 살고 계신다

얼마 전 선생이 누워 계신
장흥 공원묘지에 다녀온 후로
당년 85세의 미망인 임현보林賢甫 여사와
이따금 통화하면서
그리고 그분이 남기고 간 명편名篇들
초기의 「우렁찬 노래」, 「해녀의 노래」, 「강서고분벽
화」, 「문학산 근처」와
중기의 「용龍」, 「시간」과
말기의 「시인과 전기난로」, 「이순의 매춘녀」를
다시 음미하면서

그리고 유고시집 곳곳에 어린
전후 현실에 대응한
그분만의 지사志士다운 면모를
학생들 리포트와 시집 원본을 통해
다시 확인하면서

그분의 삶 자체인
시詩로써 남긴
민족분단 등 통한痛恨의 유지遺志를
결코 잊을 수도 덮어둘 수도 없어
시인 이인석 선생은
지금도 내 안에 살고 계신다

한강수타령

MBC 주말 연속극

흑석동을 주 무대로 한

제1한강교도 가끔 화면에 뜨는

그리고

흑석동 재래시장과

명수대明水坮 너머

서울 도심 살기 어려움의

상상력까지 동원된

가, 나, 다 순서에 맞춰 끝에 영자字만 덧붙인

평범한 딸들의 이름과

가난함과 부유함,

그리고 포용과 용서와 삶의 끝이

무엇인가를 보여 준

그리고 진정 삶의 가치가

무엇인가를 보여 주려고 애를 쓴

이 시대가 요구한

그러나 5개월은 너무 길어

4개월로 종영終映된 홈드라마 '한강수타령'

이 주말 연속극의
진정한 주인공은 누구일까
그리고 이 방송극 대본을 쓰고 작가가 받은
원고료 액수도 액수지만

이 연속극이
재미를 통해 보여 준
서민들에 대한 인센티브는 얼마나 될까
시시콜콜한 후일담後日譚까지도 궁금해지네

봄은 아직도 멀리서

봄은
시냇물을 놓아
옛날처럼 중얼거리지도 않고
키보드를 두드리면서
모니터에 자막이 일시에
주르르 굴러 배열되듯 그렇게
멀리서부터 빠르게 온다

지난 겨울은
눈보라 군단을 이끌고
어느 사이 점령군처럼 왔다가
도망치듯 사라졌지만

한국의 봄은
경쾌한 손놀림으로
캔버스에 물감이 번지듯
마른 땅에 물살이 스며들 듯
순식간에 마음을 적시며

냄비 끓듯 일시에 온다

그래서
한국의 봄은 사고철인가

정비석의 소설 '성황당' 과
김유정의 소설 '봄봄' 에서처럼
힘이 철철 넘쳐 사고라도 쳐야 하니까

그래서
온 나라 방방곡곡에
어느덧 나른한 봄날은 찾아와서
인간이 부리는 지하철도 사고를 치는가

하지만
이 땅에도 언젠가는
진정한 봄은 오리

봄은 와서
온누리 푸르른 보리밭 사이로
노고지리도 솟아올라
눈부신 태양을 등지고 슬로 템포로
지멧쫑! 지멧쫑!
즐거이 노래하리.

성공은 곧 이별의 친척

요즈음의 성공은 경제가치다
성공하면 돈이 생기고
돈 쓸 궁리도 해야 되니까
그 노력은 피곤과도 통하고
이웃과 아내와 결별하는 일도 생긴다
성공은 행복의 길을 종종 벗어나
파탄의 지름길이 될 수도 있으니
성공은 곧 이별의 친척.

멍

― 둘째 외손녀 재현 아기 돌날에

네 이름은 멍

멍은 내가 요사이 떠올린 네 이름

무슨 말을 해야 할지 너를 보면

생각이 지워지고

사랑에 눈멀게 하는 그 이름

네 아빠도 네 엄마도 멍과 멍 사이에서 태어났고

호적상 네 이름은 '재현'이지만

널 안아 보니 그 이름에 앞서

할아버지도 멍, 할머니도 멍

멍이 그만큼 좋은 걸까

다시 생각하다 보니 이 생각도 멍

이렇게 멍이 좋을 줄이야

멍아 멍아 이쁘고 사랑스런 멍아

어떤 시인의 시구처럼

바다에서 온 지우개 멍게 같은 멍아

허물 덩어리인 나를 흉보지도 않고

내 인생에 대해 충고하지도 않는

싫으면 손 내저으며 고개만 돌리면 되는

그래도 마다할 수 없는 내 적손嫡孫 멍아

샛별
— 백일을 맞는 외손녀 지안에게

봄날 이른 새벽

동녘 하늘에 빛나는

샛별 하나

내 마음 속 점 하나

섬광閃光 드리워져

주변을 환하게 밝히는…

하지만 좀 더 자라

무우장다리 꽃밭

나비 따라 아장일 때

눈부신 태양 아래

종달이도 높이 떠

지멧종! 지멧종!

즐거이 노래하리

너로하여

세상은 더욱 환해지리

나를 찾아서

늘 나로부터 없었던 나를

있지 않은 것으로부터 구해내는 방법으로서

가끔 네 뜨락 광장에 홀로 나와 기지개를 켜며

늘 나 아닌 진정한 나의 너를 기억해 보라

쳇바퀴 자국의 세월을 멈춰 세우고

참회의 눈물로 네 자신을 설득해 보라

언제나 있는 둥 없는 둥한 너의 내가

나로부터 새로 태어나 턱수염을 문지르며

오! 새로운 나여, 너 친구여

그동안 있었던 것이 없었던 것만도 못했던

그 지루하고 캄캄했던 무아無我의 시간들을 멈춰 세
우고

헤어졌던 님을 재회再會하듯

다시 맞아 보라

너에 눈뜨는 새로운 나를

이상한 부활절

어제는
예수께서 십자가에 못 박혀 죽었다가
3일 만에 부활했다는
4월의 마지막 주일主日인 부활절
나는 나대로
교황 요한 바오로 2세는 그분대로
호흡곤란 증세가 있어
나는 생전 처음으로
교황은 26년 만에 처음으로
로마 바티칸 성 베드로 광장에 모인
엄청난 인파들을
교황은 성당관저 창문을 통해
나는 한국의 서울에서 TV화면을 통해
다 같이 바라보면서
생각과 느낌은 물론 각각 엄청나게 차이가 있었겠지
마는…
하지만
정말로 이상한 것은

교황의 그 말 없는 손짓의 부활절이
내게는 시詩로써 말하려는 부활절이 됐다는 점이지
같은 시간대
같은 지구촌에서 일어난
혹시 인간 심령心靈에 뿌리한
같은 관심사여서 그랬었던 것은 아닐까

나는 희망을 보았다
— 친구 R에게

한 줌 부엽토腐葉土에 뿌리를 박고

그늘진 음지陰地에서 솟아나는

난초 같아라

그대 앞에 서면 언제나

쇄락灑落한 개운함과 미더움에

저절로 옷깃을 여미게 되나니

뭇사람 속에 늘 편안하고

알맞은 어조로 신념을 가지고 말하며

또 때론 적당히 지존至尊할 줄도 알아

오늘은 또 이렇게

있을 만한 자리에

있을 만한 무게로 어엿이 서 있는가

그대에겐

말이 곧 행동이요

계획이 곧 실천인 것처럼

그대

오랫동안 선비의 도문道門을 닦아
지조를 사랑한 탓에
어렵지 않게
전후대소사前後大小事를 꿰뚫어

속사俗事의 난장亂場에도
쉽사리 휘말리지 않았으니
오늘 이제라도 이만큼
외경畏敬과 청정淸淨으로 주변을 다스려
후광後光까지 거느림은
오히려 당연한 것이 아니겠는가
그토록 오오랜 인고忍苦의 세월 뒤에라도
혹 그대에 관하여 다시
내게 와서 묻는 이 있다면
송강松江의 「사미인곡思美人曲」과 같은
지극함을 빌어서나 대답이 될까
아니면
아직도 조선팔도朝鮮八道 그 어디에

아침 창호지窓戶紙의 화안한 빗살무늬
그 묵향墨香으로나 번져서
굽이진 세월의 물살을 곱게 가르고
있는 듯 없는 듯 삶의 뒤켠에 비켜서서
오직 학문만을 사랑하며
돈독하게 살고 있는 그런 선비가
있기는 있느냐고 되물어야 할까

일천구백삼십팔 년 사월 아흐렛날
그러니까
지금부터 60년 전
그대가 이 세상에 나와
처음 고고지성呱呱之聲을 울렸을 때
어디서 불현듯 한 동방의 현자賢者 나타나
조선땅에 오늘 모처럼 사람다운 사람
하나 태어났으니 어서 찾아보라 했다더니
그 사람이 바로 그대가 아니었나 싶게
그렇게 그대는

어디 내놓아도 손색이 없는
준수하고 진솔한 일꾼이 되어
인간사며 못다 일군 학문의 돌짱밭까지
죄 일구려고
다부진 결의로 시방 우리 앞에 와
정정한 희망으로 서 있나니
이제 새삼
갑년은 세어 뭣할 것인가
우리 함께 더 좋은 날을 위해 축배나 한 잔 들 일이지
안 그런가 이 사람아

폭음 다음날 나의 행방에 대하여

오늘은 또 어디로 가
누구의 손을 잡을거나
실체 없는 몸과 마음을
송두리째 벗어 사알짝
길가 나무에 벗어 걸고
어디로 가 어여쁜 내 자신을
찾아 도망칠거나

무릎 꿇고 단죄斷罪 받는 날
하늘에서 별똥별만한
커다란 중량급 눈물 한 방울 떨어져
내 자신을 납작 땅바닥에 깔아뭉개
지상의 사람다운 별로
정화淨化시켜 다시 태어나게 할거나

기억을 위하여

1970년대 내가 살던 용산 원효로 뒷골목이거나
아니면 아이들 떠드는 소리에 섞여
이따금 엿장수 가윗소리 들리던
내 유년의 고향마을 그 어디라도 좋다
그곳에 아직도 어망에 걸린 물고기가 퍼덕이는
건강한 항구의 노동이 있다면
그래서 짐수레가 아침 햇빛을 이마로 밀고 나가는
오래된 미래가 지금도 내 안에 나와 함께 있다면
나는 그곳에
내가 좋아하는 알맞은 크기와 색깔로 주저 없이
나만의 행복 주식회사를 차리리
다른 사람들의 눈에는 잘 뜨이지 않는다 해도
그곳에 내 영혼이 안식을 위해
깃들일 수만 있다면 깃들일 수만 있다면

실패연습 주식회사 사장 장태호 씨

일찍이 고생고생 번 돈 수십억을 날리고서도
심기일전心機一轉
실패연습 주식회사 차려서
요즘 다시
재기再起했다는 장태호 씨
실패를 성공으로 바꾼
그의 회사장부 첫 장의 사훈社訓은

‘만약 그대가 성공을 꿈꾸려거든
망하는 법부터 배우세요’ 라네

재밌네
대동강물을 판 김선달의 뺨을 치네

가뭄에 장마에 태풍에
파농 패농 다 겪고도
느티나무 정자에 모여
장기나 한 판 두며

느긋이 한시름 부채바람에 날리는
옛 조상님네 농심農心의 행복지수보다
못할 것도 없네

모천母川 회귀로의 꿈

이 성 부

(시인)

　평소 경외하는 류근조 형이 열 번째 시집을 상재하겠다며 원고를 보내 왔다. 책 뒤에 해설을 덧붙여 달라는 것인데, 능력이나 형편이 못 되어 사양하다가, 오랜 우정의 정표로 몇 마디 사족을 달기로 했다. 류근조 형을 잘 알고 있는 한 독자의 감회쯤으로 보아 주시면 되겠다. 시집의 원고를 끝까지 읽고 나서, 아 우리도 이제 어느덧 늙어 가는구나, 하는 생각을 새삼 떠올린다. 동시에 미당未堂이 어떤 시에 쓴 것처럼 우리도 '귀신이 보이는 나이'에 이르렀으며, 그러므로 세상의 일들이 보다 분명하게 손에 잡힐 것 같다는 생각을 갖게 한다.

　류근조 형을 처음 만나던 때가 1970년대의 일로 기억된다. 지금의 세종문화회관 자리에 있었던 문인협회 사무실이었던가, 이미 세상을 뜬 이문구李文求 형의 소개였을 터이다. 그는 그때 두 번째 시집『환상집』을 막 펴냈는데, 유달리 책의 판형이 큰

데다 천경자千鏡子 화백의 표지 그림, 김광섭金珖燮 선생의 제
자, 하드커버 등으로 대단한 호화판 시집이었다. 그는 그 무렵
서울의 어떤 고등학교에서 교직생활을 하고 있었다. 시골에서
올라온지 얼마 되지 않는다고 했다. 그는 시골에서 상경한 선
비답게 단아하고 엄숙한 분위기를 풍겼으며, 말수는 많지 않았
으나, 그때그때 분명한 자신의 생각을 토로하기도 하였다. 무
엇보다도 나는 그가 전라북도 익산시 부근의 함열 태생이라는
점에서, 동향의식同鄕意識의 작용 때문인지 거리낌 없이 친근
해질 수가 있었다. 그로부터 그를 띄엄띄엄 만날 때마다, 나는
그를 오래된 고향 친구처럼 격의 없이 대하곤 하였다. 그의 단
아하고 엄숙한 분위기는 30여 년이 흐른 지금까지도 예전 그대
로 조금도 달라지지 않았다. 나는 류근조 형을 만날 때마다, 새
삼 나를 돌아보는 일에도 익숙해졌다. 어디 한군데 흐트러짐이
없는 단정하고 꼿꼿한 모습은, 신문기자를 한답시고 제멋대로
설치고 다니는 나의 모습과는 많이 달라 보였다. 그 무렵의 나
는 문학과 생활에서의 엄숙주의나 고고한 포오즈 따위를 드러
내놓고 경멸했었는데, 이상하게도 류근조 형의 그런 태도와 심
성에는 나도 숙연해지는 것을 여러 차례 경험하곤 하였다. 그
의 사람 됨됨이나 생각의 깊이는 사람을 말없이 숙연케 하는
힘이 있었다.

　류근조 형은 올해 만 64살로 내년이면 대학교수의 정년을 맞
는다. 대학에서 우리나라의 현대시를 강의하고, 대학교수가 되
기 전에는 고등학교에서 국어를 가르치고, 그 스스로 고교 시
절부터 시를 습작하기 시작하여 1960년대 중반 시인으로 데뷔

하였으니, 그는 거의 평생 동안 시와 함께 살아온 셈이 되었다.
거의 대부분의 시인들이 시와는 상관없는 직업으로 생업을 삼
고 있는데 견주어 본다면, 항상 시를 쓰고 공부하고 생각하는
삶을 살아 왔다고 할 수 있다. 나로서는 부러운 삶이었다. 그런
데 그가 최근에 쓴 시에 다음과 같은 작품이 있다.

> 시詩 같잖은 시
> 열 편이나 한꺼번에 쓴 날
>
> 기진맥진 할 말도 잊은
> 산란 후 죽음을 앞둔 어미 연어
> 회향병으로 죽어가는
> 부실한 병 깊은 언어의 소우주
> 들여다보며
>
> 지금껏 시라는 이름으로
> 흰 종이 더럽힌 짓거리 새삼스러워
> 소용돌이치는 순백의 바탕으로
> 하나하나 다시 부숴
> 돌려 보내네
>
> —「시마詩魔」 전문

어쩌다가 이렇게 많은 시가 한꺼번에 씌어진 것인지는 알 수
없으나, 시인은 열 편의 시를 앉은 자리에서 써 놓고, 이것들을
"시 같잖은 시"라고 규정한다. 자기가 쓴 시에 대하여 만족하
는 것이 아니라, 하찮은 것, 있어도 좋고 없어도 좋을 것쯤으로

생각하는 "같잖은 것"이라고 비하卑下해 버린다. 그러나 이 같
잖은 것들도 산고産苦가 있었음은 분명하다. 그것은 마치 산란
을 위해 태어난 곳으로 돌아가 산란 후 죽음을 맞는 어미 연어
처럼 기진맥진한 상태가 된다. 태어난 시들은 거개가 "부실한
병 깊은 언어의 소우주"일 뿐이라고 어미(시인)는 개탄한다.
이것들을 들여다보며 시인은 깊은 회환에 젖는다. 평생 동안
공부하고 생각하고 써 온 시를 "흰 종이 더럽힌 짓거리"라고
새삼스럽게 깨닫는다. 거의 절대적인 신뢰와 긍지로 삼아 왔던
시 쓰기가, 노년에 이르러 회의로 되고 하찮은 짓거리가 되어
버린 상태다. 그래서 "하나하나 다시 부숴"뜨리는 것은 시를
찢어 없앤다는 뜻이 아니라, 마음 속 시가 태어나기 이전의 상
태, 즉 '순백의 상태'로 되돌아가고 싶은 시인의 염원을 담고
있다고 보아야 한다.

　시 쓰기는 무상無償의 행위이다. 이 일은 밥벌이가 되는 것도
아니고, 무슨 영예가 되는 것도 아니다. 그냥 좋아서 계속할 뿐
이다. 이 일에는 그러나 어떤 신명이 따르기도 하고, 때로는 고
통과 희열을 동반하기도 한다. 스스로 느끼고 생각하고 지향하
는 이 언어의 축제는, 누구 한 사람 동참하지 않더라도 저 혼자
우뚝 서서 빛나는 행위이기도 하다. 나는 어떤 글에서 시 쓰기
를 산행山行에 견주어 말한 적이 있다. 산에 오르는 일도 무상
의 행위이며, 그것은 반드시 땀 흘림과 어려움을 되풀이 반복
한 뒤에라야 정상에서의 기쁨을 만끽하게 된다. 산행이 고달프
고 힘들수록 정상에서, 또는 다시 내려와서의 기쁨은 배가 되
기 마련이다. 힘들고 고된 도정에서는 어서 빨리 집으로 돌아

가 편안히 쉬고 싶고, 어서 빨리 이 어려움을 벗어나고 싶어진다. 그러나 집에 돌아와서 하룻밤을 지내고 나면 언제 그랬냐 싶게, 다시 또 산으로 돌아가고 싶어지는 것이다. 시 쓰기도 그런 되풀이일 따름이다. 언어와 상상의 가시덤불 숲에서 헤매다 보면 정신은 피 흘리고 상처 받게 된다. 정신의 이 출혈과 상처를 사랑하는 것이 시인의 몫이 아닌가!

시의 마魔는 그러므로 류근조 형에 있어 평생을 그래왔던 것처럼 앞으로 죽을 때까지도 형을 괴롭힐 것임에 틀림없다. 회향병, 산란, 부실한 병 따위의 이 같은 되풀이는, 어쩌면 모든 시인들의 하나의 업業이었을지도 모른다. 그러므로 그 업은 비록 견디기 힘들다 하더라도 종내는 "순백의 바탕"에 꽃피는 아름다움으로 된다. 맨 처음의 상태로 돌아가고 싶은 마음은, 이렇게 생을 넉넉하게 들여다보는 시간과 공간이 있었기에 가능하다. 평생을 두고 오직 일념으로 해온 작업에, 새삼 회의가 온다는 것은 시인의 삶과 생각이 그만큼 깊고 넓어졌음을 뜻한다. 사물과 존재와 세계의 실상이 비로소 보이기 시작한 단계라고도 할 수 있다. 눈앞의 자그마한 현상에 얽매어 끙끙거리는 것이 아니라, 멀리, 더 넓게 보이는 데서 오는 지금의 나의 쓸모없음에 대한 반성일지도 모른다. 회의와 성찰은 어느날 갑자기 오는 것이라기보다는, 오랜 시간과 공간 속에서 익어 서서히 오는 것이라는 누군가의 말이 옳은 것 같다. 가령 「굴욕적 시 쓰기」에 나오는 "내, 쥐뿔도 시를 쓸 재간도 없으면서/ 무모하리만큼/ 시 쓰기 미련을 버리지 못해/ 아직도 미발표 근작시편/ 꼼꼼히 헤아려 보네"와 같이 시 쓰기에 매달려온 자신을 차

분하게 돌아보며 자세를 가다듬는 태도를 보라.

류근조 형의 이번 시집엔 대부분의 시들이 생활공간과 현실을 담담하게 들여다보는 시각視角으로 충만되어 있다. 무엇을 조급하게 판단하고 규정하는 것이 아니라, 느긋하게 여유를 가지고, 천연덕스럽게, 맨 처음의 상태를 보고자 하는 노력이다. 다음과 같은 작품을 보자.

성聖 · 금요일
날씨는 흐리고 강의도 없는 날
모처럼 마누라와 단 둘이
할 일도 없는데
뭐하겠소 합환合歡이나 해야지
합환이나 해서
감기 든 마누라에게서
오래된 감기나 빼앗아
대신 앓아 줘야지
　　　　　　　—「어떤 에로티시즘의 미학美學」 전문

젊은 한 시절의 '합환'은 그때그때 거의 충동적이라고 할 만하다. 무엇엔가 쫓기듯 살아가는 오늘의 도시생활 속에서는 '합환'은 기계적이거나, 아니면 우발적인 충동에 의해 이루어지는 수가 많다. 자연스런 섭리에 의해서나, 상대방을 배려하는 여유나 분위기 조성 따위에 신경 쓸 여지가 거의 없다. 그런데 이 시의 화자는 모처럼 할 일 없는 날에 "마누라와 단 둘이" 합환이나 하겠다고 마음먹는다. 합환을 함으로써 마누라가 오래 고

생하고 있는 감기를 옮겨 받아 내가 대신 '앓아' 주고 싶다는 것이다. 병을 대신 앓아 주고 싶다는 것은 상대방에 대한 지극한 사랑과 희생이 따르지 않고서는 가질 수 없는 생각이다. 아울러 '내'가 건강하고 여유가 있지 않고서는 될 수 없는 상태이기도 하다. 아내가 측은하기도 하려니와, 합환 뒤에는 그 측은함을 내가 '빼앗아' 대신 앓아 주고 싶다는 이 넉넉하면서도 간절한 바람! 사랑하는 사람이 당해야 하는 고통을 내가 대신 당하고자 하는 아름다운 희생과도 같다. 합환은 하나의 생리적 욕망이지만, 그 욕망이 해소된 뒤까지를 시인은 내다보고 또 상상한다. 충동적이고 기계적인 섹스에서는 욕망이 해소된 이후의 일이 보이지 않는 법이다. 섹스는 그 자체로 시작이며 끝이다. 그런데 이 시의 화자는 섹스의 부산물로 마누라에게서 감기를 빼앗아 대신 앓고 싶은 것인데, 감기는 물론 다른 사람에게서 빼앗는 것이 아니라 전염되는 것이다. 마누라의 감기를 나에게 전염시켜 내가 대신 앓고 싶다는 것은 지극히 원시적인 모성애적 발상이며 또 본능적인 것으로, 현대 개인주의가 팽배한 사회에서는 많이 잊어버리고 사는 일이기도 하다.

 이렇게 잊어버리고 살아온 것, 온갖 세사에 시달리느라 맨 처음의 '순박한 공간'에서 많이 엉뚱한 공간으로 들어와 서 있는 지금의 자리, 시인은 이것들을 인식하면서, 진정한 자아(나)와 본질(고향)과 순수의 상태로 회귀하려는 몸부림을 노래한다.

 늘 나로부터 없었던 나를
 있지 않은 것으로부터 구해내는 방법으로서
 가끔 네 뜨락 광장에 홀로 나와 기지개를 켜며

늘 나 아닌 진정한 나의 너를 기억해 보라
쳇바퀴 자국의 세월을 멈춰 세우고
참회의 눈물로 네 자신을 설득해 보라
언제나 있는 둥 없는 둥한 너의 내가
나로부터 새로 태어나 턱수염을 문지르며
오! 새로운 나여, 너 친구여
그동안 있었던 것이 없었던 것만도 못했던
그 지루하고 캄캄했던 무아無我의 시간들을 멈춰 세우고
헤어졌던 님을 재회再會하듯
다시 맞아 보라
너에 눈뜨는 새로운 나를

—「나를 찾아서」 전문

'내'가 '나'에게서 없다는 것은 자아의 부재이다. 참다운 '나'
를 잃어버렸거나 찾을 수 없다는 뜻이다. '나'의 또 하나의 '나'
인 '너'는 "쳇바퀴 자국의 세월을" 살고 있을 뿐이며, "참회의
눈물"을 흘리기에 충분한 존재이다. "언제나 있는 둥 없는 둥
한" 쓸모없는 존재인데, 그 존재는 또한 '나'로 인하여 새로 태
어날 수 있기도 하다. '나'는 내가 없는 '나'를 구하기 위해 때
로 또 하나의 '나'인 '너'의 뜨락에 혼자 서서 기지개를 켜기
도 하고, 맨 처음의 진정한 '너'를 기억해 보기도 한다. 오랜
세월 동안 있었던 '나'는 "없었던 것만도 못"했는지 모른다.
그 세월은 지루하고 캄캄했던 "무아의 시간들"이었다. 그래서
나는 그 "시간들을 멈춰 세우고" 새로운 '나'로 다시 태어나려
고 한다. 새로운 '나'의 태어남은 오래전에 헤어졌던 님과 재
회함으로써 가능해진다. 그 님을 다시 맞이할 때에라야 '나'는

'너'에게 눈뜨는 새로운 '내'가 된다. 여기서 "헤어졌던 님"은 도시 생활을 하기 이전의 고향과, 그 때묻지 않은 순수한 심성과, 단순·소박한 사람들의 삶을 상징하고 있는지도 모른다.

많은 사람들의 삶의 현실은 대체로 이상적인 삶과는 동떨어진 상태에 놓여지기 쉽다. 사람들은 언제나 그 이상을 꿈꾸지만 쉽게 그곳에 다다르지 못한다. '나'의 뜻이 아니게, 엉뚱한 곳으로 '내'가 흘러가 버리기도 한다. 이렇게 오랜 시간을 흘러가다가, 어떤 시점에서 '나'를 돌아다보고 후회하거나 반성에 이를 때가 적지 않다. 「나를 찾아서」는 바로 이 같은 시점의 자기성찰과 각성의 표현이라고 할 수 있다.

류근조 형의 이번 시집은 이렇게 지금의 내가 먼 옛날의 '나'로 되돌아가고자 하는 원망願望이 나의 미래에 놓여지기를 꿈꾸는 작품들로 꾸며져 있다. 이 같은 성찰은 오랜 도시생활의 피곤함과 자아상실의 되풀이 속에서 온 것이기도 하지만, 그러나 그 피곤함과 자아상실을 그때마다 반성하고 질타하는 깨우침이 있었기에 가능한 것이다.

> 1970년대 내가 살던 용산 원효로 뒷골목이거나
> 아니면 아이들 떠드는 소리에 섞여
> 이따금 엿장수 가윗소리 들리던
> 내 유년의 고향마을 그 어디라도 좋다
> 그곳에 아직도 어망에 걸린 물고기가 퍼덕이는
> 건강한 항구의 노동이 있다면
> 그래서 짐수레가 아침 햇빛을 이마로 밀고 나가는
> 오래된 미래가 지금도 내 안에 나와 함께 있다면

나는 그곳에
내가 좋아하는 알맞은 크기와 색깔로 주저 없이
나만의 행복 주식회사를 차리리
다른 사람들의 눈에는 잘 뜨이지 않는다 해도
그곳에 내 영혼이 안식을 위해
깃들일 수만 있다면 깃들일 수만 있다면
—「기억을 위하여」 전문

　1970년대라면 아마도 시인이 시골 생활을 접고 서울 생활을 시작하던 무렵일 것이다. 용산 원효로 뒷골목에서 살던 시절, 또는 그 이전의 고향에서의 어린 시절, 시인의 기억 속에는 그때의 '건강한 노동'이 지금까지 자리잡고 있다. 건강한 노동이란 "어망에 걸린 물고기가 퍼덕이"거나, "짐수레가 아침 햇빛을 이마로 밀고 나가는" 그런 이미지이다. 싱싱하고 청명하고 아름답다. 지금의 나의 삶이 건강한 노동으로 이행되지 않거나 그것들을 볼 수 없으므로, '아직도' 그것들이 그 자리 그 시절에 그대로 있다면 화자는 그곳에 혼자만의 '행복 주식회사'를 차리겠다는 염원을 토로한다. 지금의 나는 결코 행복하다고 할 수는 없고, 내 영혼이 안식을 취할 수도 없는 처지이다. 행복이란 "내가 좋아하는 알맞은 크기와 색깔"을 지녀야 하는 것이며, "내 영혼이 안식을 위해/ 깃들일 수" 있는 그런 곳이어야만 한다. 화자는 1970년대의 원효로 뒷골목이거나, 어린 시절의 고향 마을에서 그러한 장소를 떠올린다. 30여 년에 걸친 서울 생활이란 결코 정신적으로 육체적으로 건강한 삶이었다고 할 수 없다. 그러니 지금이라도 "내가 좋아하는 알맞은 크기와 색깔로" 살고 싶어 함으로써 그곳이 피곤한 나의 영혼의 안식처가 되었으면 하는 바람이다.

시「폭음 다음날 나의 행방에 대하여」에서도 앞서 예시한「나를 찾아서」와 같은 자아상실에 대한 성찰이 밑바닥에 깔려 있다. 실체가 없는 몸과 마음을 벗어버리고, "어여쁜 내 자신을 찾아" 도망가고 싶은 욕망, "지상의 사람다운 별로/ 정화시켜 다시 태어나"고 싶은 꿈이 가득하다. 나를 돌아보고, 자신의 삶을 반성해 보는 것은 모처럼 얻은 시공적인 여유, 오랜 각박한 삶에서 벗어나 세상의 잡다한 감정이 섞여 들지 않을 경우에라야 가능해진다. 시인은 한 주일에 한 번씩 근교 산에 올라가거나, 교외의 벤치에 앉아 떨어지는 은행나무 이파리들을 보며 생의 어떤 결론에 이르고자 한다. 은행잎들은 우수수 떨어져 내리지만, 아직도 앙상한 가지에 머물러 있는 "순금의 신神의 시간들"(「교외郊外에서」)이 그 결론일지도 모른다. 그것은 "외롭고 허전한/ 모니터상의 잔상殘像 같은 것"(사랑이라는 것」)일지라도 빛나는 것임에 틀림없다.

맨 처음의 단순·소박한 상태, 세상의 때와 잡다한 감정이 묻어 있지 않은 상태로의 회귀를 시인은 꿈꾼다. 그것은 오랜 세월 망망한 대해에서 고향의 모천으로 돌아오는 연어의 생리와도 같다. 그 순백한 곳으로의 회귀는 어거지로 되는 것이 아니다. 오랜 시간이 흘러야 하고, 여유로운 공간이 있어야 하고, 그곳에서 스스로의 삶을 성찰해 보아야만 한다. 류근조 형이 지금 그러한 시공에 들어와 있다. 삶이 곧 시가 되는 생을 살아온 시인 — 40여년의 시인으로서의 길은 곧 그의 삶의 궤적임에

다름 아니다. 자잘구레한 일상사에서부터 생활 현실과 세계의
모순·갈등에 이르기까지, 모두 시로 움켜 안았던 시인이 이제
그 모든 것들을 뛰어넘어 담담하게 달관의 경지에 올라와 있다.
열 번째 시집의 출간을 진심으로 축하하며, 앞으로도 더욱 건
강하게 시의 길로 뚜벅뚜벅 걸어가시기를 바란다.

나의 시詩 수업기

나의 시적詩的 배토培土

소학교 때라고 생각된다. 담임선생님께서 장래 희망을 묻길래 나는 과학자가 되겠다고 대답한 일이 있다. 물론 그 시절에 과학자가 무엇인가를 잘 알 리 없었지만 지금도 소학교 때 앨범을 펼쳐 보면 맨 앞 교단에 나와 초인종을 만드는 시범을 하던 모습을 발견하게 되어 내 딴엔 이상스런 감회에 젖을 때가 있다. 그리고 유달리 이상스런 것이 하고 싶어져서 학교 오가는 길에 길다란 해시계를 만들어 놓기도 하고 눈사람을 만들어 사람들을 웃기곤 하던 일이 생각난다.

터무니없는 성인들의 오해 속에서 다른 내 또래의 친구들이 모두 그랬듯이 6·25의 참상을 겪었고 풀대죽(전라도 지방에서 가난한 사람들이 끓여 먹던 죽의 일종)을 먹고 자랐다. 그리고 일 년에 한 번 추석이 되면 할머님께서 손수 베틀에 올라 짜서 만든 쑥베 양복 한 벌에도 온 천하를 얻은 크나큰 기쁨을 누릴 수 있을 만큼 어리숙한 조금은 미련스럽기까지 했던 아이. 그래도 봄이 되면 종달새의 노래 소리에 심취하여 들에 나가

삐비를 뽑고 민들레의 서정을 좋아하던 그 아이가 커서 이젠 외국제 마카오양복을 입어도 눈꼽만치의 행복을 느낄 줄 모르는 둔감아가 되었다니, 생각하면 일찍이 나라는 존재는 시인이 될 자격을 상실했는지도 모른다.

서릿발 짙은 11월, 몇 십 리 길을 맨발로 다녔어도 추운 줄을 모르고 개암나무와 홍시감과 가재잡이에 유독 미련을 느꼈던 그 시절이 이제 와선 더없이 아름다웠던 것 같이만 생각이 된다. 저녁때가 되면 여우란 놈이 무서워 닭장을 조심하고 토방마루의 검정고무신을 방에 들여놓고 자던 그 시절의, 가난했으나 구김살 없이 의젓하던 그 소박미가 그리워지듯이….

현재 내 시작 과정을 통해서도 가끔 그러한 요소들이 피부 속에 용해되어 노출되고 있음을 부정할 수는 없을 것 같다. 그것을 시에 있어서 전원적인 색채라고 할 수 있을는지. 어쨌든 지금도 난 그 시절의 지나간 온갖 것들에 무한히 향수를 느끼고 있음은 사실이다.

내가 처음 시詩를 썼을 때

분명히 기억할 순 없지만 그때가 중학교 시절인 아닌가 한다. 국어시간에는 꼭 전담을 해서 도맡아 낭독을 하다시피 되어 있었고, 작문을 해서는 꼭 칭찬을 받지 않으면 속이 꺼림칙했던 것도 아마 나의 글에 대한 집념도를 설명할 수 있는 일면이 아닐까 한다. 건방진 놈—중학교 때 신문에 난 신춘문예 광고를 보고 응모를 했다니─말하자면 나의 습작생활은 타인의 모작과 흉내에서부터 시작했는지도 모른다. 그 시절에 즐겨 읽던 시로는 목가시인 신석정 씨의 『슬픈 목가』 중의 「소년을 위한 목가」 같은 작품들이었는데 그것은 소월의 「진달래꽃」과 함께 제일 시집 입수가 용이했던 탓이기도 하다.

난 아직도 기억하고 있다. 형님의 서재에서 시집이나 시가 실려 있는 잡지라도 발견하게 되면 광적으로 애무하고 좋아하던 것을─.

사교생활의 시작. 그러나 이때도 멧새알을 줍는다든가 고무줄로 새를 잡는다든가 하는 괴상한 버릇은 완전히는 버리지 못하고 있었다. 이성異性을 향해 눈뜬 것도 아마 이 시절이 아니었던가 생각된다.

내 시詩가 처음 뽑혔을 때

고등학교 때 일이다. 그땐 그래도 내가 다니던 학교엔 작품을 계속적으로 발표할 수 있는 「남성학보南星學報」란 것이 있었고 문예면에서도 일가견을 가진 분들─. 시조에 장순하, 시에 조두현, 이동주, 소설에 홍석영, 평론에 천이두 씨 등(현재 이분들은 문단에서 활약하고 있음)이 있어 한시라도 문예방면에 뜻을 둔 사람이면 그들의 공정에 접근할 수 있었으며 사실상 만만찮은 문예가족을 이루고 있었다 해도 과언은 아니었다. 그러니까 내가 처음 백일장에 장원을 한 것도 이땐데 그로부터 난 학교행사 때마다 글 쓰는 선수로 뽑혀 다니고 이러저러는 동안, 시를 써야 한다는 무거운 의무감 같은 것을 갖게 되고 마침내는 릴케의 말처럼 시를 써야 한다는 이 필연성 위에 내 생애를 건설하기에 이르렀는지도 모른다. 그러고 보면 사람의 일생이란 사소한 동기에서 출발, 의식적인 집중 노력 속에 하나의 기대할 만한 결과를 가져올 수 있는 일이 아닌가도 생각된다. 이것은 내 자신에 대한 얘기가 아니라 우리 선배들 중엔 아주 좋은 시적 재질을 가지고 있으면서도 추풍낙엽처럼 흔적도 없이 자취를 감춰 버린 사람들이 많기 때문이다.

시詩를 위해 싸운 대학 4년

물론 대학을 선택하는 데 있어서 내가 내 개성을 파악하고 있었던 연유로 무슨 과를 선택하느냐 하는 문제를 가지고 골치를 앓아본 적은 없으며, 국문과를 선택하는 데 대한 일종의 자긍심마저 가지고 있었으며 국문과를 졸업하면 배가 고프다는 식의 빈정댐은 나의 진로에 하등의 영향력도 미치지 못했던 것이다. 지금 생각하면 너무 지나친 자기 자만 같은 것이 아니었는가도 생각된다. 공주의 대학생활, 그것은 캠퍼스 안에서만 이루어진 대학생활만은 아니었다. 봄이면 아름다운 신록 속에서, 자연과 호흡이 일치한 속에서 생명의 희열을 맛보고 또 여름엔 강의만 끝나면 금강변에 나가 서늘한 강심을 맛보기 그 몇 번이었던가. 아름다운 자연, 아름다운 인정 그 속에서 조금은 협

소한 지역성을 벗어나지 못한 흠도 있었긴 했었지만, 한 마디로 말해서 나는 이 자연의 웅장한 조화와 아름다움 속에서 내 자신이 인간으로 태어나 언어를 조종하는 직업에 종사하는 것이 어떠한 의미를 가지는가를 어렴풋이나마 체득할 수 있었던 것 같다. 그대들은 대학 정문에 서 있는 은행나무와 마당 가운데 서 있는 고목나무에 눈길을 돌려 본 적이 있는가? 가을이 되면 노랗게 물들어 온 공주 읍내를 즐거운 음부로 수놓은… 그리고 천년을 한결같이 창천을 지켜 전 우주에 편만한 자연 질서를 웅변 아닌 침묵으로써 대변해 주는 고목나무의 영고성쇠를! 그뿐인가. 눈이 내리면 계곡에 자욱이 운무가 끼고 소리개 울어 회명晦冥한 천지엔 언제나 다함없는 신비가 넘쳐 흘러 우리의 고달픈 영혼을 가뜩이나 진무鎭撫하여 주고 위로해 주는 평안이 베풀어지곤 했었던 것이다. 그 안에 어찌 시와 낭만이 없을 수 있으랴. 에밀리·브론트의 「Wuthering height」를, 그리고 롱펠로의 「애반제린」을 즐겨 읽던 이 시절! 시를 써서 아무에게나 보여 주고 또 그것을 보석처럼이나 소중히 간직하던 일, 때로 시의 꿈을 좇다가 넘어지기도 한 생활이었지만 그러한 일시적인 좌절은 우리 범상한 생활 속에서도 얼마든지 찾아볼 수 있는 일이 아닌가. 운동이나 다른 일에 별다른 취미도 없었던 내가 그때 그러한 마음의 방황과 안주만이라도 없었던들 그 곤혹과 지루함이 어떠했을까? 생각만 해도 두려운 일이다.

인간이 살아간다는 일, 그것이 범상한 생활의 되풀이를 벗어나 하나의 높은 이념과 가치를 추구하게 될 때 어찌 그 안에 평안만이 있을 수 있을까마는, 나는 되려 지난 대학생활을 돌이켜 볼 때 그러한 안일을 벗어난 어떤 의미에서 피투성의 험한 정신적 고뇌의 골짜구니를 걷기를 즐겨 택했는지도 모른다. 이런 것을 갸날프게나마 하나의 타고난 시정신이라고 할 수 있을까? 시집 『하늘과 별과 바람과 詩』를 통하여 윤동주의 뜨거운 인간을 읽고 릴케를 외우고 하던 때, 그때는 그래도 인간의 불행이며 행복을 곧잘 얘기하면서 한 번도 자신이 불행하다는 생각을 해본 적이 없었는데, 그리고 울분이 쌓이면 맘에 맞는 친구들과 어울려 문학의 밤도 마련, 기염을 토하고 대학생답게 음악이 있는 밀실에 모여 시간 가는 줄도 모르고 자작시에 대한 합평회도 마련할 수 있었는데 그것이 결코 젊은이의 만용이었다고만은 할 수 없을 것 같다. 그래 가끔은 자신의 작품에 대하여 신뢰를 갖고 문단데뷔의 꿈을 키워 본 것도 이 시절, 『자유문학』이나 『현대문학』에 투고하여 내 작품 수준을 재어 보았지만 역시 문단데뷔란 생각한 것 같이 간단한 수속절차에서 끝나는 것은 아니었다.

 이 무렵 국내 유수한 문학지나 신춘문예 등에 내 작품이 가끔 결선에 진출, 친구들은 나의 문단데뷔에 대하여 지극히 낙관적이었으나 내가 『문학춘추』 신인상에 당선된 것은 그 후로도 이삼 년 후였다. 그래서 한때 나는 시업詩業을 포기할까도 생각한 적이 있었지만 한번 들여놓은 시도詩道에서 벗어난다는 것은 그리 쉬운 일이 아닌성싶다. 데뷔하기 전 그러한 좌절감의 연속이 수십 번, 하지만 자꾸만 조급해지려는 마음을 달래 보았으나 내 자신이 겨우 명맥을 유지한다고 생각했을 때 나는 소학교 시절 과학자가 되겠다는 소망이 바뀌어 시공부를 한 것을 후회한 적도 있다. 그래 졸업날은 다가오고 그처럼 갈망했던 문단데뷔는 하지도 못한 채 4년이라는 세월에 밀려 쫓겨 나오듯 교문을 나설 때의 심정은 허탈 그대로였다. 대학신문 등에 발표했던 내 시의 스크랩과 그 외에도 햇빛을 보지 못한 원고 뭉치를 무슨 보물이나 되는 양 싸가지고 마지막 정든 공주와 이별할 때의 심정, 그 허탈한 심정을 달랠 양으로 그 날 나는 밤이 이슥토록 쓰디쓴 독한 술을 마시고 말았다. 그리고 앵상공원櫻上公園과 박물관 산성공원山城公園을 지나 금강뚝을 걸으면서 나도 모르는 사이 어느새 영원한 미래를 사는 초인상을 머리 속에 그려 보았던 것이다.

직장생활과 시詩

  1964년 2월 15일 졸업식이 있기 전에 은사님의 주선으로 쉽게 직장이 결정돼 기쁨으로 시작된 직장생활이 취임한 지 일주일 만에 교장과 이사장 간의 알력으로 직장생활에 대한 참다운 진미도 알지 못한 채 사표를 내는 등 사회생활의 첫 시련을 겪지 않으면 안 되었다. 그리하여 그래저래 울분만 쌓여 시작된 것이 산생활. 전북 진안 마이산 은수사에서 두 달, 계룡산 신원사에서 두 달, 꼬박 봄과 여름 한 철을 두문불출하고 산에 있으면서 나는 적잖이 인생과 자연과 문학에 대하여 생각할 기회를 가질 수 있었다. 허나 언제까지나 무위도식할 수는 없는 일, 산에서 나와 그 길로 부모님께 사죄하고 성실한 생활인이 될 것을 맹세했다. 그리하여 다시 시작된 공립학교 교단생활. 나는 여학교에서 국어를 가르치면서 사회와는 또 다른 인간의 감정, 그 파장을 경험하지 않으면 안 되었던 것이다. 하루 종일 학생들과 잡무에 시달리면서 안으로 고이는 상념의 세계를 간추릴 사이도 없이 교단에서 몽땅 그 정열을 쏟아 바치지 않으면 안 되는 과민하고 고달픈 여학교 교단생활, 물론 여학교라 해서 좋은 점도 없는 바는 아니나 이상스럽게도 여학교에 있자면 자기 시간을 갖기란 어려운 듯이 보였다. 그도 그럴 일이 하루 종일 교단에서 기염을 토하다 보면 미처 시의 밑천이 될 만한 감성의 축적이 이루어질 사이가 없는 고로 대부분 자유인으로 돌아가기를 자원하고 있는지도 모른다.

그래 사람이 세상에 나서 예외자가 아닌 이상 직장을 갖는다는 것은 아무리 문학에 종사하는 사람일지라도 오히려 마땅하다 하겠으나, 기왕 직장을 가질 바에야 감정이 상해를 입지 않고 생활에 위축을 가져오지 않는 보다 활발하고 자유스럽고 인간을 연구하고 참다운 삶이 무엇인가를 파고들어갈 수 있는 직업이라야 하리라곤 했다.

나의 동인지 시절

대학 졸업 후 내가 비교적 오랫동안 체류했던 지방은 이리裡里로, 그곳엔 문학지망생들(지금은 어엿한 현역으로 활약하고 있는 시조의 이병기, 시의 정양 · 송하선 · 이광웅 · 최만철 · 채

규판·강인환, 소설에 최창학·윤홍길·송하춘 등)이 많을 뿐 아니라 현역들도 많이 있어 같이 모여 앉게 되는 날은 으레 문학 얘기가 대두되고 자연 우리나라와 같이 발표지면이 없는 불리한 조건 속에서 넘치는 정열을 뒷받침할 수 있는 동인지와 동인활동이 필요하다는 데 의견을 모은 것은 어쩌면 시대에 역행하지 않는 순수한 반응이었는지도 모른다. 그리하여 가담하게 된 것이 전북 시문학 '남풍南風' 동인회며 충남 시문회 '시혼詩魂'은 지역성을 고려하지 않는 동문집단과 공주 지방을 기점으로 하는 문학집단이라고 할 수 있는데 남풍은 이리에서, 시혼은 대전에서 각각 2회씩을 내놓고 있었던 차라 앞으로 그 성장 여부가 주목되었다 할 수 있겠다. 자비 출판에다 여기에 가담하고 있는 모두가 직장을 가지고 있는 소심한 생활인들이어서 대학에서의 문학처럼 풍성한 맛을 찾아볼 수 없다는 게 흠일 수 있지만 일단 습작기를 지나 자기 나름의 영역을 개척하고 있는 사람들의 모임이라는 점에서 흥분을 배제한 끈질긴 물줄기와 같은 것이라 해도 좋았었다.

그런데 여기서 생각나는 것은 대학시절 내가 참가했던 '수요문학회水曜文學會'에 관한 것이다. 비록 그 모임이 공주사대에 한한 것이었긴 했지만 여기에 참가했던 모두가 탁월한 시적 재질을 가진 사람들이었는데 지금 어디에서 무엇을 하고 있는지 그 소식마저 알 길이 없어 마음 답답할 뿐이다.

힘들었던 나의 문단 데뷔

　내가 처음 본격적인 응모를 시작한 곳이『자유문학』이었는데 응모하기 위해 따로 작품을 만든 것도 아니고 습작품 속에서 몇 편씩 골라 보내곤 했는데 그것들이 곧 선자選者의 눈에 띄어 논란의 대상이 되었던 성싶다. 그래 그런 일이 있은 후 한 번은 의식적으로 작품을 다듬어 보내 놓고 이번은 되겠지 하고 초조하게 기다리고 있는 판인데 자금난으로『자유문학』이 휴간됐다는 것이 아닌가. 그래 할 수 없이『현대문학』추천제에 응모, 한 번은「우울의 배지에서」라는 작품 외 수삼 편이 상당한 수준에 육박하고 있다는 시인 김현승 씨의 말에 용기를 내어 다음 작품을 보내 봤으나 그것도 별다른 반응이 없어 한두 번에 그치고 ……. 그 후『현대문학』추천시인 김대환 씨로부터 김현승 씨께서 내 작품 얘기를 하더라고 몇 편 보내라는 연락이 있었지만 왠지 마음이 선뜻 내키지 않아 그만두고 직장에 들어가 버렸다.

　물론 그 뒤에도 계속해서 작품을 써서 신춘문예에 응모, 몇몇 신문에는 '육운조陸運鳥'라는 가명으로 결선에 올라 논란이 되는가 싶더만 당선 소식은 좀처럼 전해지질 않아 초조한 생각을 가지고 있었는데 때마침『문학춘추』가 복간, 신인상 제도가 생겼단 소식을 듣고 작품을 준비하고 있었던 중『자유문학』시절 심사위원이었던 시인 이인석 씨가 부여 백제문화제百濟文化祭에 왔다가 대전에 들러 선배 시인 최원규 씨에게 다시 복간된『문학춘추』에 시선詩選을 하게 됐으니 내 작품 수 편을 보내 달라는 얘기를 전해 듣고 바로 준비한 작품 8편을 투고했는데, 이상하게도 그 중에서 전혀 예상 외였던 작품「나무」가 섬세하고 감각이 재치 있게 처리되고 있다는 점에서 당선작으로 뽑혔던 것이다.

내가 즐겨 읽던(애송했던) 시들

바꿔 말해서 내 시작 생활에 도움이 됐던 시들은 무엇이 있는가 하는 얘기가 되겠는데 어느 나라 어느 시인의 시가 내 시작 생활에 영향을 줬다고 차례로 명료하게 열거할 수는 없을 것 같고 다만 생각나는 대로 국내외 국외로 나눠 말할 수 있으리라 본다.

그 하나는 모국어를 갈고 닦아 주옥 같은 작품을 남긴 국내 시인으로 정지용의「백록담」, 김기림의「바다와 나비」, 오장환의「오랑캐꽃」, 김동환의「북청 물장수」, 한용운의「님의 침묵」, 박종화의「청자부」, 김해강의「금강의 달」, 김윤식의「모란이 피기까지는」, 박용철의「고향」, 신석정의「망향의 노래」,「소년을 위한 목가」, 변영로의「논개」, 유치환의「생명의 서」, 김광섭의「마음」, 김현승의「플라타너스」,「눈물」, 조지훈의「승무」, 박목월의「나그네」, 김광균의「설야」, 김용호의「날개」, 한하운의「보리피리」, 윤동주의「서시」,「자화상」,「십자가」, 홍사용의「나는 왕이로소이다」, 이상화의「이별」,「나의 침실로」, 이인석의「사랑」, 이동주의「혼야」,「해녀」,「태교」, 김윤

성의 「신록」, 양명문의 「은행나무 산조」, 조병화의 「버리고 싶은 유산」, 김구용의 「산문시편」, 김춘수의 「부다페스트 소녀의 죽음」, 김남조의 「설화」, 「빙화」, 정한모의 「비단강」, 전봉건의 「십월의 소녀」, 장만영의 「여인」, 유근주의 「타다 남은 꿈」, 김수영의 「생활」, 노천명의 「내 가슴의 장미」, 모윤숙의 「국군은 죽어서 말한다」, 송영택의 「소녀상」, 이형기의 「적막강산」 등 그 전부를 열거할 순 없지만 모국어 속에서의 나의 짜릿짜릿한 감회는 지금도 잊을 수 없다.

그리고 외국시인으로 비교적 작품을 애송했던 시인으로는 릴케, 헤세, 롱펠로, 프로스트, 엘리엇, 생존페리스, 쟘, 랭보, 파스테르나크, 트리게네프, 지센, 두보, 휘트만, 아뽀리네에르, 쉘리, 괴테, 타골, 구르몽, 베를렌느, 예이츠, 워즈워드 등뿐 아니라 때때로 서투른 번역진에 의해 소개된 엉성한 번역시집에서마저 맘에 들 작품이 없는가 해서 두리번거렸던 것은 지금 생각하면 내 작품의 활로를 개척하기 위해서 지극히 다행한 일이었다고 생각되기도 한다. 그러나 어찌 시인이라 해서 시만을 편식할 수 있으랴. 문학 외의 타분야, 가령 미술이나 음악이나 철학이나 미학이나 화학이나 생물이나 물리나 윤리학이나 논리학 등에도 관심을 가지고 알려고 노력하는 중에 내 언어의 볼륨이나 버라이어티나 음악성 내지는 생명애나 경건성을 지닐 수 있지 않았는가 생각한다.

얼결에 손 댄 처녀출판

시집을 낸 기쁨은 곧 시집을 낸 고통이라 할 수 있겠다. 남 보기엔 쉬운 것 같아도 실제 내가 시집을 내겠다고 해 보니 시의 수준이나 내용 말고도 신경을 써야 할 것이 너무도 많은 데 놀랐다. 내가 시집『나무와 기도』초고를 가지고 어느 선배집에 들렀을 때 그 선배는 시인은 활자 하나하나도 세밀한 신경을 써야 한다는 얘기를 해 주었다. 허나 어찌 활자뿐인가. 내용 분류를 연대순으로 하느냐, 계절별로 하느냐, 또 경제가 허락하는 범위 내에서 지질은 어느 것으로 해야 하느냐, 시집 크기와 모형은 어떤 것으로 하느냐, 겉표지를 코티믹스로 하느냐, 비닐 매끼로 하느냐, 그림은 추상화로 하느냐, 구상화로 하느냐, 색도는 3도로 하느냐 2도로 하느냐, 그리고 컷은 누구의 것으로 하느냐, 서문은 누구 것을 받느냐는 등 수없이 많은 난제가 있는 것이다. 만일 내가 그런 것을 미리서 알았다면 난 결코 시집을 낸다는 소리를 입 밖에 내지도 않았을 것이다. 원고만 넘겨 주고 몇 번 인쇄소에 들러 교정이나 봐 주면 되겠지 하는…. 너무도 단순히 알고 시작한 일은 인쇄소로 원고가 넘어간 후에야 비로소 착각이라는 것을 알았다. 그 중에서 시집 제목은 내용에 적합한 것으로 가장 어필할 수 있는 겸손하고 진실한 것이어야 된다는 것 등 그러나 무엇보다도 출판사측에 사정을 해야 되는 경제적인 타격이 가장 큰 것이었다.

유럽에서는 더러 시집 출판권 하나로도 충분히 생계를 유지할 수 있다지만 생계유지는커녕 출판을 하다가도 당장 경제적

인 위협을 면치 못하는 한국 실정으로는 시집을 낸다는 것이
되려 다른 사람에게 죄스런 생각을 하게 될 때도 있다. 그리고
시집을 내놓고도 좋은 소리를 듣지 못할 경우에는 제외하고라
도 옆에 있는 사람마저 무표정할 때는 실로 시를 했다는 일에
대하여 깊은 참회를 하지 않을 수 없는 때도 있다.

앞으로 시인으로서 각오

마음대로 될 수 있다면 완전한 자유인으로 들어앉아 시작에
나 몰두했으면 하지만 시인이라서 생활의 예외자가 될 수 없는
일, 가능하면 대학 교단에서 체험적·즉흥적·직관적 시론을
펴 각박한 사회의 지도자가 될 젊은층을 풍성한 인간미와 감성
의 소유자로 길러내어 보다 아름다운 사회를 건설하는 데 이바
지 하고 싶다. 그것이 시인이 타고난 사명일지도 모르니까. 그
러는 중에 생활 속에서 조그마한 기쁨을 발견해내고 너와 내가
똑같이 공명할 수 있는 시의 세계를 창조, 인간의 애환과 공동
선을 그 안에 담을 수 있으면 한다. 그러기 위해서는 인생의 어
두운 면까지 들여다보고 긍정할 수 있는 마음의 도량과 누구
보다도 인간을 사랑하고 아낄 줄 아는 태양 같은 정열이 필요하
리라.

피로하고 지친 삶에서 허덕이는 사람들에게만이 아니라 내
자신에게 기쁨을 주고 영원한 현재를 살 수 있는 인간이면 시
인으로서의 내 마지막 삶의 소원이 이루어지는 셈이리라. 하지

만 그러한 의욕과 정열과 영감만으로 중시하기엔 우리가 사는 현대는 너무도 복잡하다. 살인마 같은 기계 틈바구니에서 자꾸만 유린되어 가는 인간성, 무감각과 싸워 나가기 위해선 때로 기계보다도 정밀하고 강해야 하기 때문이다.

여기에 현대를 사는 시인으로서의 고뇌가 따른다. 그렇지만 여기 시인으로서의 영광도 있을 수 있는 것이리라.

끈기 있는 삶의 투쟁 속에 안도의 한숨과 평화가 있듯이…….

자 술 연 보

1940년　음력 5월 4일 전북 익산군 함열면 홀산리 학선마을에서 당시 공무원을 사퇴, 촌장 노릇을 하면서 유달리 강한 선영지심 때문에 유학을 선봉하던 아버지 일계—溪 류승득과 어머니 최옥진 사이에서 16남매 중 4남으로 태어남.

1945년　나이 6세 때 잠시 마을 서당에서 천자문을 배움.

1948년　나이 8세 때 함열초등학교에 입학. 읍내까지 20여 리 길을 도보 통학하면서 시골 소년으로서 특별히 자연과 가까이서 많은 추억거리를 만들고 천진한 꿈도 키움.

1954년　읍내 함열중학교에 진학. 국어과 담당 박종명 선생(현재 재미 한국노인회 대표)을 만나 글 쓰기에 취미를 붙여 시「피」, 산문「동물 아닌 물도 좋은 일 한다」등이 뽑혀서 교지『힘』에 실림. 그리고 형의 서가에서 김소월 시집 초간본『진달래꽃』과 신석정 시집『촛불』을 발견, 처음 읽고 광적으로 애무하고 좋아함.

1957년　현 익산시 소재 남성고등학교에 진학. 운제芸齊 윤재술(당시 교장, 후에 정치지도자로 전향, 작고) 선생과 일석—石 백남규(당시 교장, 교육지도자) 선생 등을 만나고, 당시 교사로 재직하던 시인 이동주(작고), 장순하(시조), 조두현(작고), 평론가 천이두 선생 등의 문하에서 문학수업을 시작, 당시 학교신문『남성학보』(타블로이드판)에 습작시「고독」,「꽃구름」등을 발표하다가 교내 백일장에 시「가을하늘」이 우연히 장원으로 입선한 것이 계기가 돼 문예반 출신 선배 최신호(작고, 성심여대 교수), 강인섭(시인, 정치인), 김진악(현 배재대 교수), 송하선(시인, 현 우석대 교수), 송민(현 국민대 교수)과 동기 정양(시인, 평론가, 현 우석대 교수), 이광웅(시인『현대문학』지에 청마 2회 추천, 오성회 사건으로 복역, 요절), 성진기(현 전남대 교수)와 어울리고 후배 최창학(소설가, 현 서울예전 교수), 후에는 송하춘(소설가, 현 고려대 교수), 박범신(소설가, 현 명지대 교수)과도 어울리다.

1960년　4월 백제 고도 소재 국립 공주사대 국문과에 입학하자『대학신문』기자로 추천되어 본격적인 문학수업을 시작,『대학신문』과『곰나루』, 학회지『국문학』, 동인지『시회』등에 지속적으로 습작시를 발표하는 한편, 주변에 산재한 금강 주변의 백제 유적들과 명산 대찰을 두루 순례하듯 자연 속에 살면서 자연의 웅장한 조화와 아름다움을 만끽함.

1961년 대학 2학년 때 『현대문학』(11월호)에 투고한 시 「우울의 배지에서」 등 시
3편이 당시 추천위원이던 시인 김현승님으로부터 "종교적인 깊이와 함께
상당한 수준에 육박하고 있다"는 평을 받고 창작열이 고무되기도 함. 당
시 재직하던 문학전공 교수님들이나 같이 동인 활동을 했던 선배, 동기
후배 문인들 가운데엔 이원구(시인, 교수, 작고), 임헌도(시인, 교수), 조운
제(시인, 영문과 교수), 김석야(극작가, 정치인), 임강빈(시인), 최원규(시인,
충남대 교수), 임성숙(시인), 한상각(시인, 공주대 교수), 조재훈(시인, 공주
대 교수), 안명호(시인, 교장), 최광섭(시인, 교장), 유금호(소설, 현 목포대
교수), 이명수(시인, 현 『심상』 편집장), 유병학(시인, 공주교대 교수), 구중
회(시인, 현 공주대 교수), 최병두(시인) 등이 있었음.

1963년 『대학신문』 취재부장 겸 편집장이 됨. 그리고 동년 12월 문학강연회에
모윤숙(시인), 홍성유(소설가)를 초빙함.

1964년 졸업 직전 『서울신문』 신춘문예에 투고한 장시 「해안과 연인」과 「산방
시초」가 미당 서정주 선생 심사로 최종선에 오르기도 함. 2월 15일 모교
재단 당시 화성학원이 설립한 남성여고(당시 교장 박상조)에 국어교사로
초빙되었으나 교장이 재단과의 인사혼선을 빚어 한달 만에 같은 재단 남
성고(2부)로 전출되어 봉직하다가, 1년 후 신변상의 이유를 들어 사의 표
명하고 진안 마이산 은수사 부근 암자에 들어가 2개월여 산생활을 함. 이
때 남성 재직시 제자들이 내방 등산 도중 폭우를 만나 조난을 당하고 소
설 「님프의 변신」(일명 「산정」)을 씀.

1965년 하산. 이리상고 교사 공채시험에 응시, 공교롭게 합격통보를 받고 귀가하
던 차내에서 신문에 난 공립 정읍여고에 전임으로 발령이 된 것을 확인.
어쩔수 없이 이리상고 측과의 서약을 어기고 정읍에서 정식으로 국어과
교사 생활을 시작. 한편으로 이때 대전에 사는 기성 문인들이 주축이 되
었던 동인그룹 『詩魂』에 참여, 정훈, 김대환, 한성기, 박용래(작고), 임강
빈, 최원규, 조남익, 홍희표(이상 시인), 권선근(소설가, 작고), 송백헌, 송
재영(이상 평론가) 등을 알게 됨. 또 이리에 살았던 기성문인들이 주축이
되었던 동인 그룹 『南風』에도 박항식(작고), 이기반, 이병기, 송하선, 채
규판, 최만철(이상 시인), 홍석영, 유현종, 윤흥길, 최기인(이상 소설가),
이상비(평론가)도 알게 됨.

1966년 시인 김광섭, 모윤숙, 이인석, 박태진 등이 주축이 되어 펴내던 월간 『자
유문학』에 시 「나의 현상심인」 등이 결선에 진출, 다음호에 당선 예정되
었으나 『자유문학』이 갑자기 자금난을 겪게 돼 휴간됨으로서 또 한번 문

단 데뷔의 꿈이 좌절됨. 그러나 당시 심사위원의 한 사람으로서 그때 정황을 잘 알고 있던 시인 이인석 선생이 '부여 백제 문화제'에 들렀다가 본인의 주소를 수소문한다는 연락을 선배시인 최원규 교수로부터 전해 듣고 다시 복간된 『문학춘추』신인상 시부에 응모했는데 동지 12월호에 교단 체험을 소재로 한 「나무」란 시가 당선돼 문단에 데뷔함.

1967년   남원고교 정교사로 전근, 광한루 근처에 하숙. 지리산 자락과 섬진강 지류 등지를 순례. 난생 처음 술타령도 하며 자유로운 독신생활을 구가함. 이때 같이 하숙했던 게디스(평화봉사단)라는 미국청년과의 교유는 귀국 후까지 이어져 오스카 윌리암스가 편집한 귀한 영문판 앤솔러지 *Immortal - Poems* 등을 보내와 많은 도움이 됨. 그리고 이 무렵 전주의 노대가 시인 김해강, 신석정, 백양촌 등은 물론 박병순, 이철균, 김민성, 최승범, 이병훈, 이환용, 이운용, 허소라, 강인한 등도 알게 되었다. 뿐만 아니라 KBS 남원 방송에도 나가 (당시 PD 김성규) 정규 프로를 만들어 자작시 낭송 등 방송 활동에 열을 올리기도 함. 8월 처녀시집 『나무와 기도』(신석정 서문)가 대전 대한출판사에서 나옴. 소설의 최정주, 시의 김창환 등은 이때 교내에서 만났던 제자들임.

1969년   학기초 갑자기 전주시의 명문 전주여고로 발령돼 1년 8개월여에 걸쳤던 남원생활에 종지부를 찍음.

1972년   2월 현재 아내 최진숙과 결혼. 9월 제2시집 『환상집』(현대문학사)이 천경자 화백의 장정과 이산 김광섭 시인 제자題字를 곁들여 호화장정으로 나옴. 그러나 이로 인해 학생들의 관심이 과열되어 많은 부수의 시집이 교내에서 팔려 나가자 오비이락격으로 본의 아닌 물의를 빚게 됨으로써 같은 시내 전주농림고로 자리를 옮기는 촌극이 벌어지도 함. 그러나 현재 문단에서 활약 중인 소설의 이선, 양귀자 등은 모두 전주여고 시절에 만났던 제자들임. 또한 훗날 본인이 교수가 된 후 본인과 4년 간 시간을 같이 했던 당시의 제자들. 전주여고(42~45회) 동창 모임에 계속해서 초대 받는 영광을 누리기도 함. 12월 25일 큰딸 성탄(본명 은지) 태어남.

1973년   3월 고故 김동리, 손소희 선생의 주선으로 서울의 이화여고에 초빙서류 제출, 면접과 건강 진단까지 마쳤으나 부임 직전 당시 서명학 교장 선생이 갑작스런 이임으로 예상과 달리 본인의 인사문제가 이월됐으나 또 이것이 계기가 되어 이화학원 재단 이사장 신봉조 선생이 겸임하고 있던 상명학원의 상명여고(설립자, 배상명)에 수업 테스트를 받고 채용이 됨.

1974년   2월 논문 「ethos적 영원성에 관하여」(미당 서정주 연구)로 충남대 대학원에서 문학 석사학위 받음.

1975년 음력 4월 8일 둘째딸 석탄(본명 해미) 태어남.

1978년 9월 29일 셋째딸 무아 태어남.

1979년 8월 제3시집 『목숨의 잔』(곽종원 선생 서문)이 시인 김동규 선생이 경영
하는 한일출판사에서 나옴.

1980년 평론 「소월시의 상상작용 고」(현대문학 통권 312호, 12월호)를 발표.

1981년 고故 최신호 박사(고전문학 당시 성심여대 교수)의 권유로 단국대 대학원
박사과정에 입학, 춘천 소재 성심여대 국문과에 출강. 이 무렵 단국대 대
학원 과정에서 이희승, 정한모, 전광용, 윤홍노, 김용직, 신동욱, 이어령,
이동희, 유민영, 김상배, 오세영, 정소성, 송하섭, 유안진, 간복균, 김수복
씨 등 여러 문인 교수들을 알게 됨. 3월 신설 대전대학(현 대전대학교)이
창과한 국문과 전임으로 초빙됨과 동시에 대학발전 기획위원 겸 인사위원
회 피임됨. 이때 학교당국(현 대전대 김인제 총장)의 요청으로 일석(이희
승) 선생에게 교가 작사를 의뢰하여 일석이 직접 대전에 내려가 용운동
새 캠퍼스 신축부지를 답사하는 과정에서 본인이 하루동안 직접 서울 동
숭동 일석 자택에서부터 모시고 지방 매스컴과의 인터뷰와 교직원, 그리
고 학생들과의 만남 등을 주선하면서 일석(당시 85세)의 용의주도하면서
도 강인한 정신력과 인격적인 면에서 깊은 감명을 받게 됨. 중앙대학교
문리대 국문과 강사로 출강.

1982년 3월 중앙대학교 문리대 국문과 전임으로 자리 옮김. 평론 「시의 중심구조
로서의 은유」(『국어국문학』 88호) 발표.

1983년 3월 중앙대학교 문리대 국문과 조교수 승진.

1984년 2월 단국대에서 논문 『소월시와 만해시의 대비연구』로 문학 박사학위 받
음. 7월 논저 『한국 현대시의 구조』가 중앙출판(주)에서 나옴.
11월 제4시집 『무명의 시간 속으로』가 일지사에서 나옴.

1985년 12월 9일 사랑하는 아들(막내) 태호 태어남.

1986년 3월 중앙대학교 문과대 국문과 부교수 승진.
5월 25일 산문집 『캘린더 속의 계절』이 혜진서관에서 나옴.

1987년 8월 중앙대 하계 연수단의 일원으로 동남아 여행(홍콩―마카오―싱카포
르―방콕―대만―일본).

1988년 1, 2월 세계교수협 주관 연수차 미국여행(뉴욕―워싱턴―LA―라스베가스
―캘리포니아) 후 여행시 「미주 여행 길에」 발표, 제5시집 『입』에 수록.

1989년 1, 2월 『동아일보』고정칼럼 「청론탁설」 집필.

4월 제5시집 『입』(문학세계사)이 나옴.

5. 6~5. 22 사이 네델란드 마스트리크트에서 열린 제53차 국제 PEN대회에 참석차 유럽 4개국 여행(오스트리아—모나코—불란서—네덜란드).

1990년 평론 「사봉史峯 장순하론」(『월간문학』 통권 257호 7월호) 발표.

7. 24~8. 11 사이 『중앙일보』사 주관 몽골 민속 탐사반 참가차 중국, 내몽골, 외몽골, 고비사막을 여행(홍콩—북경—내몽골—외몽골—고비사막—북경—홍콩). 여행 후 여행시 「고비의 아침」 등 12편을 발표(제6시집 『낯선 모 습 그리기』에 수록). 『경향신문』(8. 24일자, 17면 특집판)에 몽골여행기 기고 특집 게재.

중앙대 국문과 및 대학원 국문과 학과장 겸직.

1991년 월간 『문예사조』(7월호)에 신작시 「엉뚱하게 출근하기」 등 5편 특집 게재. 평론 「현대시의 모더니즘」을 『현대문학』(통권 439호 7월호)에 발표. 12월 논저 『한국 현대시의 구조와 형성이론』이 중앙대 출판부에서 나옴.

1992년 중앙대학교 문과대 정교수 승진.

『학생문예』(3,4월호)에 「시인으로서 내가 걸어온 길」 특집 게재. 『한국 현대시 특강』이 집문당에서 나옴. 11월 제6시집 『낯선 모습 그리기』가 혜진서관에서 나옴. 11월 『현대문학』(통권 제455호)에 평론 「이동주론」 발표.

1993년 7. 26~8. 5 사이 시드니대학 해외문학 심포지엄 참가차 오스트리아—뉴질랜드 여행 후 여행시 「뉴질랜드의 달」 등 5편 발표(제8시집에 수록). 월간 『시와 비평』(통권 26호, 7월호)에 시 「편안한 여자」 등 5편 신작시 특집 게재. 계간 『동서문학』(통권 210호, 가을호)에 평론 「시의식과 은유와 상상력」 발표.

1994년 월간 『한국문학』(통권 221호)에 시 「망자의 길」 등 3편 발표. 12월 남도여행 후 여행시 「겨울 대흥」 등 7편을 발표(제8시집에 수록).

1995년 4월 시화집 『꿈꾸던 수요일 공주』(이은수요문학회)에 시 「돼지의 혈압」 등 17편 특집 게재. 5월 시선집 『그리움아 거기 섰거라』가 혜진서관에서 나옴. 6월 편저 『소비시대의 문학』이 한글터에서 나옴. 12월 8일 재단법인 한글재단 이사에 선임.

1997년 『중대신문』(제1364호, 3. 31일자)에 단편 「인간면허」 발표.

1998년 3월 『시문학』(통권 321호)에 시 「윗쪽과 아래쪽」 등 14편 특집으로 송명희 교수 평론과 함께 집중 조명됨.

5월 제8시집 『날쌘 봄을 목격하다』가 나남출판사에서 나옴.

7월 문화관광부(국어정책과) 우수학술도서 심사위원에 위촉.

　　　　　10월 KBS국제방송(AM1170) '명작의 고향' 프로 해설위원에 위촉.

1999년　3월 중앙대학교 문과대학 국어국문학과 교수 재임용.

　　　　　8월 학술논저『한국 현대시의 은유구조』가 보고사에서 나옴.

2000년　11월 11일 장녀 은지 결혼(사위 LG전자연구소 박우종 책임연구원).

2001년　7월 30일 산문집『내 밖의 세상, 세상 밖의 길』을 포엠토피아에서 펴냄.

2002년　5월 10일 논문「한국 현대시의 시어와 시의식 연구」를『한국시학연구』
　　　　　제6호에 발표. 10월 26일 차녀 해미 결혼(사위 서울경제 정치부 김민열
　　　　　기자). 10월 21일 외손녀 서현 출생. 12월 논문「시텍스트의 병렬적 구조
　　　　　와 의미작용」(공동연구)을『어문논집』제30집에 발표.

2003년　2월 1일『월간문학』(2월호)에 평론「전통의 현대적 변용과 그 시조사적
　　　　　위상」발표. 2월 20일 여행시선집『나는 오래 전에 길을 떠났다』를 새미
　　　　　에서 펴냄. 2월 계간 시전문지『시와시학』에 신작시「신학기 첫강의」등 시 5
　　　　　편 발표. 4월 5일『중앙일보』문학 B5면에 시집『나는 오래 전에 길을 떠
　　　　　났다』프로필과 함께 소개됨. 4월 12일『조선일보』문학 5면에 졸시「낙
　　　　　타의 꿈」이 남진우 시인의 해설 과 함께 소개됨. 12월「사봉 장순하 시조
　　　　　문학의 총제적 특성연구」를『어문논집』제31집에 발표.

2004년　4월 6일 둘째 외손녀 재현 출생. 12월 26일 차녀 혜미, 셋째 외손녀 지안
　　　　　출생.

2005년　4월 4일자『중대신문』제 1557호에 신작시「사랑하는 우리 님의 고운 눈
　　　　　썹을」발표. 4월 15일 논문「최승호 시의 사유구조와 상생적 의미」를『한
　　　　　국시학연구』제12호에 발표. 4월 30일 세종대왕탄생 608돌 기념 제30호
　　　　　전국 초·중·고 학생 백일장 심사. 4월 시「나는 새로운 희망을 보았다」
　　　　　가 전북 고창군 신림면 송룡리 공원 묘역 내 碩學 一庸 林基中 박사 송덕
　　　　　시비에 새겨짐. 5월 14일 서초구청 가정복지과 주최 서울 서초구 초·중
　　　　　·고 학생 글짓기 대회 심사위원장. 6월 3일 제1회 중앙대학교 국문과 국
　　　　　제학술대회(한·중·일, Uzbekistan) 주제 '한국현대문학의 지평과 전망'
　　　　　토론자로 참가. 6월 11일 한국을 대표하는 젊은 아티스트(조각가) 제7회
　　　　　이윰개인전(Space C 선정 후원작가) 작가와의 대화(주제: 감각의 정화)
　　　　　토론자로 참가. 6월 14일 서울 서초구청 초청강연 '주제: 현 시대환경과
　　　　　문학적 글 쓰기'.『한국문인』8, 9월호 통권 33호「시와 그림」칼럼에 졸
　　　　　시「몽골연가」가 몽골국립현대미술관소장 Sh. Chimeddorj 作 유화
　　　　　「The Blue Mon- golia」와 함께 소개됨. 졸시「전화인간」이『조선일보』
　　　　　(7. 25일자 A30면) 칼럼 '만물상萬物相'에 오태진 수석 논설위원에 의해

인용됨. 한인 문화원장이면서 시성 타골의 전문가이기도한 초이 김양식 제7시집『겨울로 가는 나무』(새미. 6. 20) 서평「귀아歸我, 그 멀고 먼 우회와 구도 의 길」 집필. 9월 1일『한국문학』가을호 통권 259호에 시「교외에서」,「묵시록」 발표. 9월 1일『문학마을』가을호 통권 24호에 시 「어떤 에로티즘의 미학」,「소멸」 발표. 9월 20일 문화관광부 주관 문학 회생 프로그램 '4분기 우수도서 추천위 원회' 위원에 위촉. 10월 7일 세종대왕 기념 사업회 주최 558돌 '한글날 기념 글짓기 대회 심사위원' 위촉. 10월 21일 보건복지부 후원 사단법인 대한 에이즈 예방협회 주관 '문예 창작 교실 연사' 및 '작품심사의원' 에 위촉. 6월, 논문「한국 시문학 전통의 대채개념으로서의 한국적 아이덴티티」 중앙어문학회『어문논집』 제33집에 발표. 12월,『PEN문학』(통권 77 겨울호) 시「실패주식회사 사장 장태호 씨」 발표.

2006년 2월 (주)현대상선 사보『바다소리』 '문화산책-이달의 시' 해설 1년 계약 연재 시작.

4월 21일 문학나눔 사업추진의 주관 우수도서 추천심사위원회 위촉.

4월 29일 3녀 무아 결혼(사위 주식회사 코오롱 본부기획실 강현석).

5월 6일 세종대왕기념사업회 주최 제609돌 세종날 기념 제31회 글짓기대회 심사위원에 위촉.

고운 눈썹은

지은이 | 류근조
펴낸이 | 김재룡
펴낸곳 | Poetics 시학

1판1쇄 | 2006년 8월 20일
출판등록 | 2003년 4월 3일
주소 | 서울 종로구 명륜동1가 42
전화 | 744-0110
FAX | 3672-2674

값 8,000원

ISBN 89-91914-13-6 03810